Une tablette très convoitée

Avant de devenir auteur pour la jeunesse à plein temps, **Sylvie de Mathuisieulx** était juriste : c'est dire si le *Code pénal* et le raisonnement juridique, elle les connaît. Elle s'est beaucoup amusée à cacher des informations très sérieuses dans les aventures d'Éric.

Thérèse Bonté a tout de suite aimé le texte de Sylvie de Mathuisieulx et elle s'est vite mise à la place d'Éric. En le dessinant, elle mène l'enquête, et vit tout, comme lui!

Responsable de la collection :
Anne-Sophie Dreyfus
Direction artistique, création graphique
et réalisation : Cédric Ramadier

ISBN : 978-2-401-04327-5
ISSN : 2100-2843

Loi n° 49956 du 16 juillet 1949 sur
les publications destinées à la jeunesse.

Énigmatique, mon cher Éric...

Une tablette très convoitée

écrit par Sylvie de Mathuisieulx
illustré par Thérèse Bonté

Hatier jeunesse

THE

1

Mercredi 20 septembre, 10 h

Parfois, ma mère, elle exagère. Surtout ces derniers temps, je ne sais pas pourquoi.

Ce matin, au petit déjeuner, je n'avais rien demandé à personne. J'étais encore à moitié endormi, en train de me beurrer une tartine tranquillou. J'hésitais entre la confiture d'églantine et le miel de sapin. Eh bien, tout à coup, elle m'a lancé un drôle de regard, les paupières plissées, les coins de la bouche retroussés, et elle a dit d'un ton taquin :

– Dis-moi, Éric, tu ne trouves pas qu'elle est drôlement mignonne, la nouvelle voisine ?

Comme ça, paf, sans prévenir.

J'ai senti mon petit pain suédois se réduire en miettes dans la paume de ma main pendant que le rouge envahissait mes joues. Pour le coup, je me retrouvais mieux réveillé que si je venais de sortir d'une douche glacée. Les pensées se bousculaient dans ma tête : comment réagir face à cette... euh... provocation maternelle?

J'ai rapidement listé quelques possibilités, et les conséquences qu'elles entraîneraient à coup sûr :

Réponse 1 : «Oh là, de quoi je me mêle?»

Beaucoup trop insolent, même sur le ton de la plaisanterie : Maman déteste que je lui parle comme si c'était une copine (nombreux problèmes à prévoir).

Réponse 2 : «N'importe quoi!»

Pas terrible, elle n'aimerait pas beaucoup ça non plus (donc, pareil, à éviter).

Réponse 3 : «Hein? Comment? De quoi tu parles? J'ai rien compris à ce que tu as dit.»

Ne servirait, dans le meilleur des cas, qu'à gagner quelques secondes (rien que de l'énergie dépensée pour rien).

Réponse 4 : « La voisine ? Quelle voisine ? »

Ridicule : elle savait que je savais parfaitement de qui elle voulait parler (en plus, jouer les andouilles n'est pas ma stratégie préférée).

Réponse 5 : « Tu veux rire ? Elle est carrément moche. »

Affreux mensonge, parce que cette fille est juste sublime : un vrai canon (c'est pas beau de mentir).

Conclusion : j'ai décidé qu'il valait mieux ne rien dire du tout.

J'ai rassemblé les miettes imprégnées de beurre et j'en ai fait une mini pyramide sur la nappe, à croire que c'était le truc le plus important du monde. Évidemment, la manœuvre ne servait qu'à me donner une contenance pendant que mon visage reprenait ses couleurs normales : rose parsemé de taches de rousseur.

Je n'ai relevé les yeux qu'une fois mon œuvre d'art terminée.

Avec un discret hochement de tête complice, mon beau-père m'a alors tendu la nouvelle tartine qu'il avait entre-temps préparée pour moi. Il s'appelle Patrick, mesure presque deux mètres et porte une grosse moustache. Il est commissaire de police et je l'adore. Il m'a déjà appris plein de trucs du métier. Parce que plus tard, je veux devenir détective. Si les choses se passent comme je l'ai prévu, dans dix ans, j'ouvre mon agence en ville et je fais un malheur.

Droite sur sa chaise, l'anse de sa tasse de thé entre les doigts, Maman me dévisageait toujours. Et elle avait toujours ce demi-sourire énervant accroché aux lèvres. Alors Patrick lui a demandé, l'air de rien :

– Clara, tu as fini de corriger l'énorme tas de copies qui t'a donné tellement de fil à retordre, hier soir ?

Elle a soupiré en reposant son mug et a secoué la tête, les yeux au ciel.

– Ne m'en parle pas. Il m'en reste encore sept ou huit, et...

Sauvé.

Je n'ai évidemment pas écouté la suite. Je savais qu'elle allait dire que ses élèves étaient nuls en passé simple. Elle dit toujours que ses élèves sont nuls en passé simple, malgré tous ses efforts. Je crois que ça l'énerve beaucoup.

En fait, elle aime bien le passé simple avec ses «îmes», ses «âmes» et ses «ûmes» à la première personne du pluriel.

Bref.

En tout cas, c'était trop tard. Même si, je le jure, elle ne m'intéresse pas, mais alors vraiment pas du tout, je n'arrivais plus à me sortir la nouvelle voisine de la tête.

Sa famille s'est installée peu après la rentrée dans la maison bleue située un peu plus loin dans notre rue.

Elle s'appelle Bérénice et doit avoir à peu près mon âge. C'est une fille aux cheveux châtains très longs et un peu ondulés. Ses yeux sont tellement foncés qu'on dirait qu'ils sont noirs. Elle a une peau veloutée, un nez légèrement retroussé et une bouche joliment dessinée. Ses dents seront certainement parfaites dans pas longtemps, parce que, pour le moment, elle porte un appareil. Elle est souvent habillée en bleu (ça n'a rien à voir, mais il se trouve que c'est ma couleur préférée).

Je la croise assez souvent dans le quartier et au collège. Du coup, j'ai eu des tas d'occasions de l'observer. Non pas qu'elle me plaise particulièrement. En réalité, je fais toujours attention aux gens que je rencontre. Forcément : je m'entraîne, pour mon travail, plus tard... Patrick m'a expliqué qu'il était super important de prendre les bons réflexes le plus vite possible.

J'ai tout à coup levé les yeux sur la pendule accrochée au mur de la cuisine et j'ai failli avaler ma gorgée de chocolat de travers. Pétard! J'allais être en retard en classe!

Vite, j'ai sauté sur mes pieds. J'ai lancé un «Bonne matinée, tout le monde!», j'ai attrapé ma veste et mon sac dans le couloir pour quitter la maison comme une fusée. L'arrêt de bus est à cent mètres, mais j'ai couru comme un dératé : celui que je devais attraper était en train d'arriver. Je suis monté dedans en soufflant aussi fort que si je venais de terminer le marathon de New York. Au moment où le chauffeur a redémarré, j'ai entendu une voix très douce chanter à mon oreille :

– Tu sais quoi? Mes parents ont l'intention d'inviter les tiens pour un apéritif. C'est cool, non?

Je me suis retourné, et là, j'ai vu les grands yeux de Bérénice Riquet. Elle me souriait de tout son appareil dentaire. Ensuite, elle s'est détournée en sortant une tablette de la poche de sa veste en laine bleue. Une Samtchung Z7. C'est un modèle hyper récent, hyper cher et à peine plus grand que le smartphone de mon père. Sans plus faire attention à moi, elle a allumé l'appareil pour regarder quelque chose sur son écran, en faisant défiler des images de bas en haut.

Moi, j'avais la désagréable impression d'être subitement devenu invisible.

J'étais aussi scotché que ravi par la nouvelle : on allait être invités à boire un verre chez Bérénice ! Soudain, j'ai pensé que je n'étais peut-être pas convié, moi : elle n'avait parlé que « des parents »... J'aurais aimé lui demander des précisions, mais elle était maintenant en train de discuter avec un gros type très brun, d'au moins quinze ou seize ans, qui admirait sa tablette trop cool.

2

21 h

La matinée en classe s'est passée sans problème. Quand la cloche de midi a sonné, je me suis dépêché de rentrer : le mercredi, la cantine est fermée, alors on déjeune tous les trois à la maison.

– J'ai une nouvelle à t'annoncer, a crié Maman depuis la cuisine dès qu'elle a entendu la porte d'entrée claquer.

Je ne résiste jamais au plaisir de surprendre les gens en sachant déjà des trucs qu'ils croient que j'ignore. Ce coup-ci, l'info m'avait été apportée toute cuite sur un plateau mais ça ne

changeait pas grand-chose à ma joie. J'ai calmement retiré mes chaussures et, en allant embrasser ma mère, j'ai lâché, d'un air détaché :

– Est-ce que, par hasard, ça aurait quelque chose à voir avec un apéritif organisé par les nouveaux voisins ?

J'ai adoré voir ses yeux s'agrandir et sa bouche former un « O » silencieux. Évidemment, par modestie, j'ai fait comme si de rien n'était. Après, Patrick est arrivé, et j'ai enfin eu le complément d'informations que je n'osais pas demander : on était attendus, le soir même, à six heures trente, dans la maison bleue du bout de la rue.

Jamais de ma vie, je le jure, je n'ai vécu une après-midi aussi longue. Maman, installée à son bureau avec des copies (celles qu'elle n'avait pas encore réussi à corriger), ne me prêtait aucune attention.

J'ai expédié mes devoirs en vitesse – je n'en avais pas beaucoup – et puis, après, j'ai tourné en rond bêtement, incapable de me concentrer sur rien. À un moment, j'ai essayé de me plonger dans le bouquin commencé lundi. Une histoire policière. Il est génial, il n'y a pas à dire, mais je relisais douze fois la même phrase sans comprendre de quoi il s'agissait. J'avais vaguement trop chaud, et ma gorge était un peu serrée.

Tout à coup, j'ai entendu l'horloge de l'église sonner six coups, et j'ai décidé que je devais absolument me changer. Ce que j'avais enfilé le matin me semblait soudain insupportablement nul. J'ai examiné le contenu intégral de mon armoire pour finalement choisir ma tenue préférée. La plus simple, sobre, de bon goût :

un jean bleu, avec un pull noir. J'ai passé mes mains dans mes cheveux pour remettre en place ma mèche rebelle et je suis allé vérifier dans le grand miroir de la salle de bains s'il n'y avait rien qui clochait. Avant de regagner ma chambre, j'ai piqué un «pschitt» d'eau de toilette de Patrick. Je savais qu'il ne m'en voudrait pas.

À six heures vingt, il est rentré du boulot et a poussé ma porte. Si j'ai vu une lueur amusée briller dans ses yeux, c'est très sérieusement qu'il a dit :

– Ouh là! Est-ce le meilleur moment pour te mettre à trier tes vêtements et ranger ta penderie? Il va bientôt être temps d'y aller.

– J'arrive.

J'ai rapidement rassemblé les habits roulés en boule en un énorme tas. Je l'ai poussé sous mon lit, en croisant les doigts : ma mère ne devait pas voir ça avant que j'aie eu le temps de le ranger.

Dix minutes plus tard, on sonnait à la porte des Riquet. Les parents de Bérénice, Stéphanie et Ludovic, m'ont immédiatement plu. Ils viennent d'ouvrir un salon de coiffure, rue du

Général-de-Gaulle, et ils sont hyper sympa. Elle, elle s'était assise sur un pouf, pas trop loin de moi. Elle n'arrêtait pas de me passer le bol avec des noix de cajou et moi je ne savais pas tellement quoi faire ni quoi dire pour avoir l'air intelligent.

Au bout d'un moment, les adultes se sont mis à discuter de trucs sans intérêt. Elle s'est levée et m'a fait signe de la suivre en proposant :

– Tu veux voir ma collection de mangas ?

Je l'ai suivie jusqu'à la bibliothèque ornant un des murs de l'entrée. Elle a sorti ses albums – ça faisait une sacrée pile ! – et a proposé de m'en prêter autant que je voulais. Difficile de choisir, il y en avait tellement ! C'est une vraie passionnée... Je me suis rappelé ce que j'avais vu le matin et lui ai demandé :

– Tu as aussi des BD sur ta tablette, non ?

– Ouais, c'est trop stylé ! s'est-elle exclamée. Tu « scrolles » pour faire défiler les cases ! D'ailleurs, ça s'appelle des « Bandes défilées » ! Marrant, comme nom, hein ?

Devant mon air ahuri elle s'est mise à rire.

– Bouge pas, je vais te montrer !

Et puis elle a disparu dans l'escalier, me laissant planté là, les bras ballants. Je venais de décider de retourner à ma place pour terminer mon verre de jus de pomme quand un cri a résonné dans la maison.

– Oh nooooooon! On m'a volé ma tableeeeeeeeette!

Les adultes ont sursauté, et ses parents ont froncé les sourcils. Ensuite, elle est revenue au salon, mais à la vitesse d'un escargot. Ses beaux yeux étaient pleins de larmes. Ludovic a grogné :

– On te l'a pourtant répété cent fois, de faire attention à tes affaires!

Bérénice semblait complètement abattue. Elle a murmuré :

– Mais j'fais attention! J'te jure, P'pa! J'te juuuure!

– La preuve que non, a rétorqué Stéphanie. Je le savais : ce n'était pas une bonne idée de t'offrir ce cadeau pour ton anniversaire...

L'ambiance, tellement détendue jusque-là, s'était drôlement rafraîchie. Une espèce de silence gêné s'est installé.

Maman est alors intervenue :

– Il y a assez peu de chances de retrouver l'appareil, mais je crois que vous devriez porter plainte au commissariat...

– Vous avez gardé la facture ? Avec les références complètes ? a enchaîné Patrick. On vous les demandera là-bas.

La pauvre Bérénice lançait des regards désolés à sa mère. J'avais l'impression qu'elle allait se faire drôlement sermonner après notre départ. À ce moment précis, je me le suis juré : j'y passerai le temps qu'il faudrait, mais je retrouverai le coupable – et la tablette volée, bien sûr. J'ai entraîné la pauvre victime de cet acte crapuleux un peu à l'écart des parents et j'ai sorti mon petit carnet spécial (je le garde toujours dans ma poche).

– Bon. Allons-y. Ta tablette : quand l'as-tu vue pour la dernière fois ?

– Euh... eh bien, ce matin... dans le bus, pour aller en classe. Pourquoi tu me demandes ça ?

Elle me regardait sans comprendre. Je n'ai pas résisté au plaisir de lui révéler qu'elle avait en face d'elle un futur détective qui avait déjà prouvé sa valeur. Elle n'a fait aucun commentaire, alors j'ai poursuivi :

– Donc, tu ne t'en es pas servi depuis ton arrivée au collège ?

– Ben non. J'ai pas arrêté de courir, aujourd'hui ! C'est pareil tous les mercredis...

Tout à coup, je me suis souvenu du grand type avec qui elle avait discuté pendant le trajet. C'est un gars du quartier qu'on voit assez souvent dans les transports en commun. Je dois dire qu'il a l'air plutôt chelou, mais si Patrick m'entendait, il me passerait un savon parce qu'on ne doit jamais soupçonner les gens juste à cause de la tête qu'ils ont.

Bérénice semblait toujours plongée dans une réflexion intense. Elle a fini par murmurer :

– Attends, si... je l'ai rallumée exactement cinq minutes avant de passer à table, à midi...

– Sûre ?

– Oui, oui, sûre... mais j'ai dû l'éteindre tout de suite...

– Donc, elle n'a été volée ni dans le bus ni au collège.

– Non.

Mon cerveau travaillait à mille à l'heure. Puisque ce n'était pas un collégien jaloux, je me suis dit qu'avec un peu de bol, le malfaiteur était quelqu'un qui se livrait à un trafic organisé.

Ils sont nombreux. Je le sais, parce que mon beau-père me l'a dit.

J'ai demandé :

– Il a un signe particulier, cet appareil ?

– Oui, sur l'écran, en haut à gauche : un éclat en forme d'étoile. Je l'avais prêté à un copain et

cet abruti l'a fait tomber par terre... qu'est-ce que j'étais fâchée contre lui!

Bon, c'est vrai : il y avait de quoi s'énerver, mais au moins, ça permettrait d'identifier facilement l'objet volé. J'ai poursuivi :

– Tu connais « lejolicoin » ?

– Nan.

– C'est un site internet qui permet aux gens de vendre des trucs, n'importe quoi.

– Ah, oui! On poste des photos des objets avec le prix, c'est ça?

– Exact. Si quelqu'un est intéressé, il prend rendez-vous par mail avec le vendeur. Mon père s'est débarrassé de son vieux canapé comme ça.

– OK. Et alors ?

– Ce qui est pratique, c'est que les annonces sont classées par ville, et il paraît qu'on y trouve assez souvent des objets volés…

Du côté du salon, Maman et Patrick ont commencé à bouger : apparemment, on n'allait pas tarder à partir. Ma mère et Stéphanie se sont fait la bise et on a promis de se revoir bientôt, chez nous, cette fois. Bérénice m'a soufflé, au moment où on est sortis :

– Éric, j'espère que tu es vraiment un détective surdoué !

Dès qu'on est arrivés à la maison, j'ai allumé l'ordi pour jeter un œil sur le site de vente de particuliers à particuliers. Dans notre ville, trois personnes proposaient des tablettes Samtchung. Il n'y en avait qu'une du modèle Z7. Le cœur battant, j'ai zoomé sur les différents clichés qui la représentaient sous tous les angles possibles. L'écran était nickel. Pas le moindre petit éclat, ni en haut, ni en bas, ni à gauche, ni à droite.

Raté.

Et si le voleur avait changé l'écran ? Ou peut-être était-il encore trop tôt ? J'ai décidé de surveiller régulièrement l'apparition des nouvelles annonces pendant les prochaines heures.

3

Jeudi 21 septembre

La journée a duré trois siècles. Français, maths, deux heures de sport, cantine avec des spaghettis bolo – encore pires que ceux de mon père – et enfin anglais. J'ai évidemment parlé de ma nouvelle enquête à Lucas, mon meilleur copain : je n'ai pas de secret pour lui, et il a toujours de bonnes idées. Il m'a appris que le photographe du quartier avait depuis peu installé dans sa boutique un rayon « occasions ». Il y propose des appareils photo, bien sûr, et aussi des téléphones et des... tablettes !

Gé-nial.

On a fini plus tôt que prévu parce que le prof de musique est malade, et j'ai pu faire un saut là-bas après les cours. Quand j'ai poussé la porte vitrée, le jeune homme assis derrière le comptoir a levé la tête :

– Salut, qu'est-ce que je peux faire pour toi ?

Ce n'était pas la peine d'essayer de la jouer fine en lui racontant des bobards. Je me suis approché et lui ai tout expliqué, cash. Dès que je me suis tu, il s'est écrié :

– Oh là! Qu'est-ce que tu crois? Je ne peux pas prendre de risques avec ça! Les gens qui me confient du matériel à revendre doivent me fournir la facture de l'appareil, le mode d'emploi et même, quand c'est possible, son emballage d'origine.

C'était logique. Je me suis soudain souvenu de quelque chose.

– Bien entendu, j'ai dit, avec un grand sourire. Vous ne voudriez pas qu'on puisse vous soupçonner de faire du recel !

Le jeune homme a ouvert des yeux ronds.

– Eh ben dis-donc, tu en sais, des choses, toi !

Facile. Patrick m'avait expliqué, un jour, que les gens qui gardaient des objets volés, par exemple pour les revendre, étaient fautifs, même s'ils n'avaient pas commis le vol. Ce sont des « receleurs », selon le *Code pénal*, ce gros bouquin qui prévoit ce qu'il est interdit de faire et aussi de quelle façon punir les bandits.

J'avais impressionné le photographe, mais à part ça, ma petite virée n'avait pas servi à grand-chose. Une fois à la maison, j'ai rapidement vérifié les nouvelles annonces mises en ligne sur « lejolicoin ». Toujours rien de rien sur la tablette.

Ensuite, je me suis offert un goûter avec Maman pour me donner du courage. On a dévoré un paquet de pain d'épices, et on a bien ri tous les deux. Elle m'a raconté qu'un de ses collègues et le proviseur de son lycée ont décidé de se remettre aux rollers et de s'entraîner dans les couloirs pendant les récrés...

– Et toi ? Ça ne te tente pas ? j'ai demandé. Je pourrais te prêter les miens, je suis sûr qu'ils t'iraient !

– Ha ha ha, pourquoi pas ?

– Et si vous vous cassez la figure, qu'est-ce que vous devrez dire ? "Nous chutâmes" ?

– Pas du tout!

– "Nous chutîmes"?

– Quelle horreur!

– Quand même pas "Nous chutûmes"!

Elle a claqué la paume de sa main sur la table comme si elle appuyait sur un champignon de jeu télévisé.

– Biiiip! La bonne réponse était "Nous chûmes"! Merci d'avoir joué avec nous!

Une fois qu'on a retrouvé notre sérieux, je suis allé m'installer dans ma chambre pour préparer le contrôle de maths de demain. J'étais moyennement motivé, parce que franchement, ce n'est pas ma matière préférée. Mais enfin, bon, il fallait que je m'y colle. Après la dernière interro, j'avais promis-juré de faire remonter ma moyenne, pas terrible.

J'en bavais depuis un bon moment sur mes exos quand j'ai entendu, venant de l'extérieur, de drôles de petit bruits secs : taratatac, taratatac, taratatac!

J'ai d'abord cru qu'il se mettait à grêler, mais pas du tout. Quand j'ai compris de quoi il s'agissait, j'ai sauté sur mes pieds avec l'intention

d'enguirlander copieusement le sombre crétin qui jouait à envoyer des graviers, depuis la rue, sur le volet en bois de ma chambre.

J'ai changé d'avis en voyant que c'était… Bérénice. Elle agitait la tête et les mains silencieusement, en me faisant signe de venir la rejoindre. Elle avait peut-être des éléments nouveaux pour mon enquête.

Elle voulait manifestement être discrète, alors je suis descendu en mode furtif, sans faire craquer l'escalier, et puis je suis sorti, tout aussi doucement, sans faire claquer la porte. Je lui ai ouvert la grille du jardin, on a contourné la voiture de Maman et on s'est posés à l'arrière de la maison, sur les trois marches qui mènent du jardin à la terrasse. J'ai demandé :

– Ça va ?

Elle n'a pas répondu tout de suite. Au bout de quelques instants, elle a juste murmuré (et elle avait l'air très très énervé) :

– Tu l'as vue, hein, tu l'as vue ?

– Vu quoi ?

– L'annonce !

– Quelle annonce ?

– Rhâââ ! Je croyais que tu étais le roi des détectives ! Enfin, Éric ! Ma tablette est à vendre, sur internet !

J'ai secoué la tête en fermant à demi les paupières. Elle avait commis une grosse belle erreur de débutante, et le roi des détectives n'allait pas tarder à l'éblouir de son talent.

J'ai attendu une ou deux secondes avant de souffler :

– Ah… mais… mais… mais… ce n'est pas la tienne !

– Comment ça?

– J'ai vérifié, qu'est-ce que tu crois. L'écran est im-pec-cable.

Le regard qu'elle m'a lancé était absolument noir. Elle a lâché, la mâchoire tellement serrée que j'ai eu peur qu'elle fasse exploser son appareil dentaire :

– J'espère que tu plaisantes.

Là, j'ai quand même eu un moment d'hésitation.

– Tu parles de l'annonce qui est parue sur «lejolicoin»?

– Mais non, grosse nouille! Ma tablette est à vendre sur «eday»!

La claque!

J'ai réussi à garder mon sang froid. Surtout, ne pas perdre la face. Ne pas avouer même sous la torture que j'avais complètement oublié qu'il y avait plusieurs sites de vente. «Eday», contrairement au «jolicoin», est un site privé où les gens qui veulent acheter un objet doivent faire monter des enchères. Ça signifie que celui qui proposera le prix le plus élevé à la fin du délai prévu l'emportera.

J'ai soufflé en l'air pour déplacer la mèche de cheveux qui me tombait dans les yeux et j'ai lâché, genre vrai pro :

– Ah, oui, celle-là, bien sûr. Euh, tu es tout à fait certaine que c'est la tienne ?

– Pas tout à fait, mais presque.

– OK. Alors l'étape suivante, c'est que je vais me présenter comme un acheteur.

– Euh… tu ne veux pas plutôt montrer l'annonce à ton beau-père ?

– Pas encore. On doit d'abord être cent pour cent sûrs de notre coup.

À ce moment, si j'étais allé demander de l'aide à Patrick, avec les moyens dont dispose la police, il aurait certainement pu retrouver l'identité du voleur et l'obliger à rendre la tablette. Mais primo, Bérénice n'était pas prête à jurer que c'était réellement son appareil, et secundo, ma fierté en avait pris un coup. Je devais absolument résoudre cette affaire seul, pour montrer à cette fille que je n'étais pas le roi des… gros nuls.

Quand elle est repartie, je me suis précipité à l'intérieur.

Je n'avais pas de compte « eday », heureusement, ce n'était pas sorcier d'en créer un vite fait. Il suffisait d'une adresse mail. J'en ai inventé une spéciale, sur gotmail : je m'étais dit que c'était plus sûr de ne pas utiliser la mienne. Je ne savais pas trop si, sur le site, les gens avaient librement accès aux coordonnées des autres utilisateurs.

Quelques instants plus tard, j'étais connecté. Effectivement, j'ai trouvé une Z7, et malgré la qualité pas terrible des photos, j'ai bien cru voir une encoche dans le coin supérieur gauche de la vitre. Pour le moment, aucune enchère. Le vendeur (son pseudonyme était : Amzebos) indiquait que l'objet ne serait pas envoyé par la poste mais remis en mains propres… dans notre ville. Je lui ai écrit un message en lui faisant une offre directe, pour un prix assez élevé. Il ne restait plus qu'à attendre… attendre et espérer qu'il veuille bien mordre à l'hameçon.

Deux heures plus tard, il répondait « Marché conclu » !

Il était d'accord pour me vendre l'objet.

Je lui ai donné rendez-vous demain à dix-sept heures, dans le parc des Oiseaux, sur le premier banc à droite de l'entrée sud. Je lui ai écrit que ça serait facile de me reconnaître : j'étais un grand barbu et je porterai une veste en cuir noir.

Il a répondu « OK, attention, pas de chèque, seulement des espèces ».

J'ai failli lui demander des espèces de quoi quand je me suis rappelé que ça voulait dire de l'argent en pièces et en billets.

Demain, aucun grand barbu en veste de cuir noir ne viendra rencontrer notre voleur, mais moi, j'aurai vu sa tête, et si ça marche comme je l'espère, je réussirai même à le suivre pour découvrir où il habite.

J'ai hâte d'être à demain.

4

Vendredi 22 septembre, presque 19 h

Je rentre à l'instant à la maison. Un peu énervé.

D'abord, parce que je suis arrivé drôlement en retard, pour mon « rendez-vous » : la chaîne de mon vélo a trouvé drôle de dérailler sur le trajet. Tiens, c'était le moment. Du coup, non seulement j'ai perdu du temps à la remettre en place, mais je me suis retrouvé avec les mains pleines de cambouis alors que j'ai horreur de ça. Deux paquets de mouchoirs en papier n'ont pas suffi à nettoyer mes doigts à peu près correctement.

Donc, au moment où je suis entré dans le parc, le cœur battant, il était presque cinq heures et quart. J'ai d'abord cru avoir raté le type : il n'y avait personne sur le banc. Je me suis jeté dessus pour reprendre mon souffle en examinant ce qui se passait autour de moi... et là, j'ai repéré mon suspect! Il faisait un peu tache parmi les mamans et les grands-mères qui promenaient les enfants. Il tournait en rond dans l'allée centrale, un sac en bandoulière, les mains dans les poches, avec l'air de celui qui attend quelqu'un depuis un moment et qui ne va pas tarder à s'énerver.

Sûr que c'était lui.

J'ai sorti un manga de Bérénice de mon sac et l'ai ouvert devant moi. Juste un peu plus bas que si je le lisais vraiment. C'est une excellente technique pour espionner les gens dans un endroit public : on a l'air d'être plongé dans une lecture passionnante, mais en réalité, on peut observer tout se qui se passe autour de soi. Le seul truc, c'est qu'il faut de temps en temps penser à tourner une page, sinon, on risque de se faire repérer.

Bref.

J'avais tout de suite vu que le gars n'était pas celui rencontré dans le bus, mercredi matin. Il avait l'air d'avoir le même âge, mais c'était un petit, maigre, avec un long nez pointu. Ses cheveux, aussi blonds que les miens, étaient coupés beaucoup plus courts : presque ras. Il portait des chaussures de tennis de marque, un jean déchiré sur les genoux et un blouson kaki, ouvert sur une affreuse chemise à carreaux jaune, vert et violet. Je me disais que jamais personne ne pourrait me forcer à enfiler une horreur pareille, quand il a cessé de faire les cent pas. Il a grommelé quelque chose en haussant les épaules et s'est dirigé vers la sortie du parc en shootant rageusement dans des cailloux.

Sans me presser, j'ai refermé ma BD et puis je l'ai suivi prudemment : il fallait garder mes distances. J'ai hésité à reprendre mon vélo, mais mon suspect avait l'air d'être à pieds, alors je pouvais aussi bien le suivre comme ça. En plus, je ne faisais plus trop confiance à ma chaîne.

Il a marché pendant une quinzaine de minutes, sans se retourner. On est arrivés dans un quartier que je ne connais pas trop, du coup, je me suis rapproché de lui pour ne pas le perdre. Au bout d'un moment, il est rentré dans un bistrot sur l'enseigne duquel il était écrit « Le bar Barre ». Ça m'a fait rigoler : j'adore les jeux de mots.

En poussant la porte, il a lancé :

– Salut, Nina !

Ça n'arrangeait pas tellement mes affaires : je ne pouvais pas le suivre, il aurait risqué de me remarquer. En plus, je suis quand même un

peu jeune pour aller tout seul dans ce genre d'endroit, et puis, de toute façon, je n'avais pas d'argent sur moi pour me payer un diabolo-menthe. Je ne me suis pas longtemps demandé ce que je devais faire : il ne me restait plus qu'à trouver un endroit pas trop éloigné et à l'attendre.

Posé à un arrêt de bus avec vue sur la porte du bar Barre, je me suis préparé à patienter pendant trois jours mais, au bout de moins d'un quart d'heure, mon suspect est ressorti. Il a tourné à gauche et s'est remis en route. Moi, j'ai sauté sur mes pieds avec l'intention de reprendre ma poursuite. On a avancé quelques minutes... et soudain, le type s'est mêlé, sur le trottoir, à un groupe de gens qui sortaient d'un grand bâtiment. Des lettres lumineuses accrochées au-dessus de l'immense porte vitrée annonçaient «Cinéma Lumière». Là, je me suis retrouvé comme une patate, incapable de le repérer dans la foule...

Pas de bol, ma filature était fichue.

J'ai regardé ma montre. J'étais plutôt loin de chez moi, je devais aller récupérer mon vélo cadenassé près du parc et si je ne passais pas à la vitesse supérieure, je ne serais jamais à l'heure à la maison pour le dîner.

En plus, le contrôle en maths avait été miraculeusement repoussé d'un jour, et je m'étais juré de faire encore quelques exercices pour assurer une note pas trop pourrie.

De toute façon, l'opération avait été utile : j'avais maintenant une véritable piste. J'avais vu la tête de mon suspect, et je savais que c'était un habitué du bar Barre. Il devait certainement habiter dans le coin. Même si je m'arrêtais là pour le moment, mon enquête avançait donc plutôt bien.

Ni ma mère ni mon beau-père n'était encore arrivé quand je suis rentré. Je me suis dépêché de me connecter à « eday ». La tablette de Bérénice y était toujours – ou de nouveau – en vente, et personne n'avait commencé à enchérir. En quelques clics, j'ai ensuite examiné les autres objets proposés par celui qui se faisait appeler Amzebos. Il avait deux mini-consoles de jeu, quatre téléphones et encore deux tablettes dans sa vitrine virtuelle. Personne n'a autant

de matériel dans ses affaires personnelles : il s'agissait d'un trafic d'objets volés. En tout cas, j'avais à présent de très bonnes raisons de le penser. Avec un peu de chance, non seulement j'allais pouvoir aider la pauvre Bérénice, mais je livrerais un vrai délinquant à mon beau-père. Il n'aurait plus qu'à lui passer les menottes et serait certainement super fier de moi.

Ce n'était pas le moment de faire des erreurs qui me trahiraient. Je me suis créé un nouveau compte fictif, cette fois au nom de Lola. Ensuite, j'ai envoyé au gars un message pour savoir s'il avait le mode d'emploi et la facture du téléphone de dernière génération qui m'intéressait. J'étais presque certain qu'il ne répondrait pas.

20 h 30

Au dîner, j'ai failli parler de mon enquête à Patrick.

Mais il avait l'air préoccupé – ça lui arrive assez souvent : son boulot est plutôt stressant – et du coup, j'ai décidé de continuer à travailler en solo encore un peu. Après le repas, je suis retourné sur le site, pour voir si mon suspect avait répondu à « Lola ». J'ai eu un choc ! Amzebos avait carrément disparu de la circulation ! Avec l'ensemble de ses offres de vente !

Était-ce à cause de mon message ?

Est-ce qu'il avait eu peur de se faire repérer ?

C'était plus que possible.

Presque certain.

Heureusement, j'avais noté sur mon petit carnet les références précises des objets de sa « vitrine ». Une recherche de même pas dix minutes m'a permis de découvrir que mon vendeur avait seulement changé de site de vente. Il proposait exactement la même marchandise – dont la tablette volée à Bérénice – sur « lejolicoin » et cette fois sous le nom de « Kidbill ».

22 h 30

Je dois absolument découvrir l'identité de mon suspect.

Il a l'air d'être trop jeune pour avoir déjà un travail, et trop vieux pour être au collège, donc, il est certainement lycéen. Or, il y a trois lycées, dans la ville : deux généraux et un professionnel. Ça fait beaucoup d'endroits à explorer.

5

Samedi 23 septembre

Ce matin, avant d'aller retrouver Papa pour le week-end, je suis vite passé voir Bérénice, sous le prétexte de lui rendre les mangas qu'elle m'avait prêtés mercredi dernier.

Pour pouvoir discuter sans être entendus, on est allés dans sa chambre. C'est un endroit absolument génial, juste sous le toit. Les murs sont blanc cassé ou noirs. Le parquet, l'armoire, le bureau sont en bois foncé, les autres éléments de déco étant plutôt dans les tons beige. Pas la moindre peluche nunuche, pas la moindre touche de rose bonbon. La classe absolue, quoi.

Dès que la porte a été fermée, elle a soufflé :

– C'est terrible comme mes parents sont fâchés contre moi. D'un côté, c'est vrai qu'ils m'avaient interdit de sortir cette tablette de la maison... justement, pour ne pas me la faire piquer. Oh la la, c'est tellement nul !

– Tu sais s'ils sont allés porter plainte, finalement ?

– Oui, Maman y est allée jeudi à l'heure du déjeuner, pendant que le salon était fermé. En fait, au commissariat, on lui a confirmé ce que disait ta mère : c'est plutôt rare de retrouver ce genre d'appareils.

Elle avait un air tellement dépité que ça m'a fait de la peine.

J'ai sorti mon petit calepin.

– En tout cas, moi, je n'abandonne pas. D'ailleurs, j'ai déjà une piste sérieuse, un suspect, même : j'ai vu notre homme.

– C'est pas vrai ?

– Si.

Je ne me suis pas fait prier. J'ai raconté mon aventure dans les moindres détails. Bérénice m'a écouté en buvant mes paroles, elle semblait trouver que j'étais trop fort. Arrivé au bout de l'histoire, j'ai conclu :

– Maintenant, j'ai besoin de toi pour m'aider à faire avancer mon enquête plus rapidement.

– Qu'est-ce que je dois faire ?

– Donne-moi exactement ton emploi du temps de ce mercredi. La journée entière, du matin au soir, heure par heure. Les endroits où tu es allée, ce que tu as fait, les gens que tu as vus. Je veux tout savoir : alors attention, n'oublie rien !

Elle a fermé les yeux, et s'est tellement concentrée qu'elle a fait une drôle de grimace qui lui plissait le nez sans réussir à la rendre moche. Après un moment de silence, elle s'est lancée et là, impossible de l'arrêter ! J'ai eu du mal à suivre pour prendre des notes.

– Alors d'abord, évidemment, j'ai été en classe, ça, tu le sais puisque tu m'as vue dans le bus, même si on ne s'est pas recroisés ensuite au collège. À midi, aloooors, j'ai repris le bus, cette fois pour aller déjeuner chez Mamie, qui a rouspété sous prétexte que je ne venais pas assez vite à table, et ensuite, elle m'a déposée comme chaque mercredi à mon cours de gym rythmique et sportive. Je ne suis pas rentrée directement après, parce que j'avais rendez-vous chez l'orthodontiste. Mon père est venu me chercher en voiture au gymnase pour m'y conduire.

– Parfait. Tu vas maintenant me donner l'adresse de ta grand-mère, celle du cours de gym et celle du dentiste.

Je ne connaissais pas ces rues, alors je lui ai demandé si elle avait un plan de la ville sous la main. Elle est sortie dans le couloir et en a rapporté un qu'elle a entièrement déplié devant nous, sur le parquet. On a utilisé des drôles de boutons rouges qu'elle avait dans un pot sur son bureau pour marquer les trois endroits, éloignés les uns des autres de plusieurs kilomètres. J'ai ensuite repéré l'emplacement du parc des Oiseaux, puis suivi du doigt l'itinéraire que j'avais pris en filant mon suspect.

Yesssss.

Le cabinet du dentiste était exactement dans le même secteur. Entre le bar Barre et le cinéma Lumière.

Pour une sacrée nouvelle, c'était une sacrée nouvelle, non ?

Bérénice me regardait maintenant comme si j'avais inventé en direct et sous ses yeux le fil à couper le beurre. J'étais assez content de moi.

Bon. Rien n'est encore sûr, mais on avance. Raconte-moi précisément ce qui s'est passé, depuis le moment où ton père a garé sa voiture jusqu'à celui où vous êtes remontés dedans pour rentrer.

De nouveau, la petite grimace de concentration.

– Eh ben, on était un peu en avance, parce que, pour une fois, on avait trouvé une place de parking devant le cabinet dentaire !

– Ouiiiiii ?

– Il y avait du monde dans la salle d'attente, ce qui voulait dire que le docteur, lui, il était plutôt en retard. Mais en fait, il est presque toujours en retard.

– Ouiiiiiii ? Du monde, d'accord, tu te souviens de combien de personnes ?

– Euh... deux personnes avant moi. Une fille de notre âge avec sa mère, et un grand type, beaucoup plus vieux, seul. Il jouait sur une console.

J'ai sursauté et poursuivi, le cœur battant soudain plus vite :

– Décris-le moi !

– Alors... il était plutôt maigre.

– Hum-hummmm...

– Il portait un pantalon déchiré.

– Excellent... Ses cheveux ?

– Auburn, assez longs et frisés.

– Au-quoi ?

– C'est un genre de roux foncé.

Bim, tout s'écroulait. J'avais pourtant espéré, là, pendant un moment. Tant pis. J'ai lâché :

– Laisse tomber, c'est pas lui. Qui d'autre ?

– Personne.

Il fallait insister encore un peu, pour être sûr.

– Tu n'as pas vu un blond, coupe très courte, genre seize ou dix-sept ans, pas très grand, avec un nez plutôt long ?

– Euh... non... non !

Par acquit de conscience, j'ai demandé :

– Est-ce que, quand ç'a été ton tour, tu as laissé ta veste dans la salle d'attente ?

– Ben, oui. Accrochée au porte-manteau.

– Tu penses qu'à ce moment-là, ta tablette était toujours dans ta poche ?

– Euh, sans doute, oui.

Faible lueur d'espoir.

Ton père, il est venu avec toi, dans la salle d'examen ?

– Oui ! Il voulait poser des questions au dentiste.

– Personne d'autre n'est arrivé entre-temps ?

Elle a alors fait un bond, en mode « j'ai été piquée par une guêpe ».

– Mais si ! Bien sûr ! Quand on a fini, pendant que papa payait, je suis retournée dans la salle d'attente ! Un garçon blond aux cheveux très courts était assis dans l'un des fauteuils. Maintenant que j'y repense, il m'a regardée avec un drôle d'air au moment où j'ai récupéré ma veste.

– Il avait un grand nez ?

– J'ai pas trouvé.

– Mais il n'avait pas un nez riquiqui-ridicule ?

– Oh, je ne sais pas ! Je n'ai pas fait attention ! Il avait un nez... un nez... un nez normal, quoi !

– Oublions le nez. Peut-être que c'est quand même lui, et qu'on tient notre voleur.

– Génial. Et si j'appelais le cabinet lundi, pour demander à la secrétaire qui avait rendez-vous juste après moi ?

– Excellente idée.

6

17 h (chez mon père)

Depuis que mes parents se sont séparés, je vois Papa un week-end sur deux et la moitié des vacances scolaires. J'adore aller chez lui, même si c'est le plus épouvantable cuisinier que je connaisse. D'abord, son appartement est plein de livres, ce qui est un peu normal, vu qu'il est bibliothécaire. Ensuite, on s'organise toujours des trucs sympas, tous les deux.

Je m'étais dit, comme ça, qu'on pourrait peut-être aller se balader, cette après-midi, dans le coin où j'avais perdu la trace de mon suspect. Je ne lui ai pas parlé de mon enquête : un détective doit savoir rester discret. En fait, ça tombait drôlement bien : un film que j'avais envie de voir passait justement dans l'une des salles du cinéma Lumière. Et puisque mon père avait décidé de se remettre au sport, je lui ai suggéré qu'on y aille... à pieds ! Il s'est gratté la tête.

– Euh, ça doit faire presque trois kilomètres depuis la maison...

– C'est rien ! Je suis sûr qu'on y arrive facile, en à peine plus d'une demi-heure !

Il a froncé les sourcils.

– Tu crois ? Ça fait du six kilomètres à l'heure, ça... plutôt rapide !

Je n'avais aucune idée de l'allure normale d'un homme qui marche, alors j'ai bluffé.

– Jouable.

Papa n'avait toujours pas l'air convaincu. J'ai ajouté, et là, je ne bluffais plus :

– Je dois te dire que, d'après notre prof de sport, la marche rapide est la meilleure de toutes les activités physiques.

– Vraiment ?

– Vraiment. Je suis sûr que ton super téléphone a une appli "podomètre" quelque part.

L'objectif, pour être en forme, c'est d'arriver à dix mille pas chaque jour. À ton avis, on en fait combien, jusqu'au ciné ?

– Je ne sais pas... beaucoup !

– Alleeeez ! Et à l'arrivée, j'achète un seau de pop-corn !

Il a souri et m'a ébouriffé la tête. Ensuite, il a tiré un billet de sa poche pour le glisser dans la mienne.

– D'accord, mais c'est moi qui paye.

Gagné.

On a avalé l'affreux gratin dauphinois qu'il avait préparé pour midi et puis on est partis, tout guillerets. Moi, j'avais la ferme intention d'ouvrir l'œil. Nous nous rendions sur le territoire de notre voleur, et l'objectif était de glaner un maximum d'indices. Je m'étais même dit qu'après la séance, on pourrait peut-être aller boire un verre entre hommes au bar Barre...

On a compté large pour le timing et on a eu raison. On a dû s'arrêter plusieurs fois, Papa devait reprendre son souffle. Pendant le trajet, on a discuté de tout et de rien. Des derniers bouquins qu'on avait lus, du temps qui s'était drôlement rafraîchi, de mes notes au collège... À un moment, je lui ai demandé les dernières nouvelles, il m'a dit, en essayant de garder un air naturel, qu'il avait rompu avec sa copine, que leur histoire n'avait pas marché. Pour moi, c'était plutôt une bonne nouvelle : je n'aimais pas tellement cette femme, même si je sais très bien que personne ne me demande mon avis.

C'est un peu compliqué. Maman a refait sa vie, et ça se passe super bien. Du coup, je pense que lui aussi a le droit d'être heureux... mais

Rose, franchement... sans vouloir être méchant, c'était un peu la reine des nunuches, tout le temps en train de faire des manières, de se tripoter les cheveux et de battre des cils. Mon père mérite beaucoup beaucoup mieux. J'espère qu'il rencontrera bientôt une femme à la fois belle et intelligente.

Bref.

On est arrivés devant le cinéma. Papa a poussé la porte en verre et on s'est dirigés vers le comptoir pour acheter nos billets. Là, j'ai oublié Rose, le film qu'on allait voir et tout le reste.

Car mon suspect se tenait dans la queue ! Malgré le bonnet qu'il portait sur sa tête, je l'ai immédiatement reconnu ! C'était lui ! J'en étais sûr ! Qu'est-ce que j'avais été bien inspiré de venir !

Il tenait une jolie jeune fille par la main. Je devais faire une drôle de tête, parce que Papa m'a attrapé par le bras.

– Ça va, fils ?

La gorge soudain sèche, j'ai réussi à coasser un truc qui pouvait passer pour un « oui ».

Je réfléchissais en mode turbo. J'avais peu de temps pour essayer d'apprendre quelque chose sur le type… J'ai avancé autant que j'ai pu afin de m'en rapprocher, mais la dame juste devant nous dans la file s'est alors retournée et m'a lancé un regard terrible. Évidemment, je ne pouvais pas lui expliquer que je ne voulais pas la dépasser… Mon père me regardait en se demandant visiblement ce qui m'arrivait.

Le couple s'est retrouvé au comptoir et le gars a payé les places. Ensuite, toujours en se tenant par la main, les amoureux se sont dirigés vers la boutique de sucreries.

– Chose promise, chose due ! j'ai crié. Je vais acheter le pop-corn !

Et puis sans attendre la réaction de mon père, je me suis précipité à leur suite. Ils hésitaient devant un gigantesque étalage de bonbons aux couleurs vives.

C'est là que j'ai été frappé par un coup de génie. Je me suis approché de mon suspect en écartant les bras et en chantonnant très fort, l'air absolument ravi :

– Nicolaaaaaaas ! Ça fait tellement longtemps ! Comment tu vas ?

Le gars a ouvert de grands yeux au-dessus de son long nez et ils ont éclaté de rire tous les deux en même temps. Je me suis arrêté, en faisant semblant d'hésiter.

– Nicolas ?

– Désolé ! a-t-il dit. Moi, c'est Jérémie. Pas Nicolas.

J'ai pris l'air le plus idiot possible et répondu la première chose qui me passait par la tête.

– Ah ben mince alors... Ce n'est pas toi qui

as vendu sa mini-console de jeux à mon copain Lucas ?

– Alors non, absolument pas. D'ailleurs, j'aime pas les consoles ! Moi, je joue plutôt... de la casserole !

– Il est apprenti cuistot ! a précisé la jolie jeune fille avec un sourire charmant.

Mon père est arrivé dans mon champ de vision juste à ce moment. Il tenait nos tickets dans sa main et me faisait signe de le rejoindre. Le garçon m'a envoyé un clin d'œil et a lancé :

– Alors, salut ! Bon film !

Et puis ils se sont éloignés, bras dessus-bras dessous.

Je me suis dépêché d'attraper un pot XXL de pop-corn sur une étagère. Les pensées se bousculaient dans ma tête. D'un côté, je me disais que mon suspect avait maintenant bien vu mon visage, et que ce serait plus difficile de le suivre discrètement à l'avenir. D'un autre côté, j'avais découvert son prénom, et aussi qu'il apprenait le métier de cuisinier. De quoi le retrouver sans problème, si je m'y prenais de la bonne façon. Mais quelque chose me perturbait : le type m'avait semblé terriblement sympa. Et il n'avait pas, mais alors pas du tout l'air d'un trafiquant d'objets volés.

J'ai payé mon achat et rejoint Papa, puis on s'est dirigés vers notre salle.

J'ai failli renverser tout le pop-corn par terre quand j'ai revu Jérémie et sa chérie sur l'escalator. Il avait enlevé son bonnet et ses cheveux blonds étaient si longs qu'ils lui touchaient presque les épaules.

Après ça, évidemment, j'ai eu un peu de mal à m'intéresser au film qu'on était venus voir : je ne pensais qu'à mon enquête. Et à la fin de la séance, il pleuvait tellement fort qu'on a pris un taxi pour rentrer chez Papa. Raté pour le pot au bar Barre.

22 h

Je suis arrivé à une conclusion : le gars du ciné n'est pas celui qui a volé la tablette de Bérénice. Mon suspect a les cheveux très courts, et je ne crois pas que Jérémie porte une perruque ou des extensions. Il n'empêche que la ressemblance était plus qu'étonnante. La silhouette, l'allure, le visage, tout collait! Ce doit être un sosie de notre malfaiteur. Il paraît qu'on a tous quelques copies conformes qui se baladent sur la terre.

Pas moyen de dormir, j'ai le cerveau en ébullition.

Je déteste être bloqué.

Vraiment.

7

Dimanche 24 septembre, 20 h

Quand je suis rentré à la maison, Maman m'a demandé en m'embrassant :

– Ça s'est bien passé, avec ton père ?

J'ai répondu :

– Nous passâmes deux jours exquis ! Nous allâmes nous promener, et puis aussi au ciné ! Nous lisâmes plein de BD.

– Tant mieux. Mais on dit “nous lûmes”.

– Je sais. Mais c'est moins rigolo. Et vous ?

– Week-end tranquille, en amoureux, à la maison. On en avait besoin. J'en ai profité pour corriger mes copies en retard !

Elle a soudain claqué des doigts et m'a dit :

– Oh, mon chéri, j'ai failli oublier : Bérénice a téléphoné cette après-midi, elle voulait te parler. Je n'ai pas très bien compris de quoi il s'agissait... en tout cas, tu dois la rappeler.

Mon cœur s'est mis à battre plus vite. Est-ce que ça avait quelque chose à voir avec mon enquête ? Elle avait peut-être des éléments nouveaux à m'apporter. J'ai composé le numéro de la maison bleue.

– Salut, c'est Éric !

– Salut, tu peux parler ?

Ben, en fait, pas tellement. Ma mère et Patrick étaient juste à côté de moi.

Pas grave. Ça pouvait s'arranger. J'ai soupiré et grommelé :

– Ah, ben ça, écoute, je ne sais pas, il faut que je vérifie dans mon carnet de liaison. Attends une seconde, je monte dans ma chambre et je te dis...

Et hop, plus d'oreilles indiscrètes. Une fois à l'étage, j'ai annoncé :

– Ça y est. Raconte.

– Bon. Tu es assis ? Sinon, assieds-toi.

– OK. Qu'est-ce qu'il y a?

– Toi et moi, on a rendez-vous avec le vendeur de ma tablette demain à midi et demi dans un endroit qui s'appelle le bar Barre. J'ai utilisé le même stratagème que toi l'autre jour. Je me suis fait passer pour une acheteuse. Crois-moi, ce coup-ci, on ne le perdra pas dans la foule. Parce qu'on sera deux.

– Mais…

– Tu ne veux toujours pas mettre ton beau-père au courant, n'est-ce pas?

– Eh ben…

– On va la boucler ensemble, cette enquête, Éric, tu vas voir. Et je n’aurai même pas besoin d’appeler la secrétaire du dentiste. De toute façon, elle aurait certainement refusé de me répondre.

J’ai approuvé :

– Hu-hum. Pas faux. Secret médical.

Je ne savais pas trop quoi penser. En principe, c’est moi qui décide de la façon de mener les choses. D’un autre côté, je devais avouer qu’elle avait du cran et des idées, cette fille.

C'est là que j'ai soudain réalisé un truc : les plus grands détectives peuvent avoir un partenaire. Par exemple, les aventures de Sherlock Holmes sont toujours racontées par son ami, le docteur Watson, qui lui donne parfois un coup de main...

Bref.

On a passé un grand moment à préparer l'expédition dans ses moindres détails.

D'abord, il fallait qu'on trouve la meilleure façon de quitter le collège sans se faire remarquer : en principe, on était supposés manger à la cantine. Toujours en principe, on n'a pas tellement le droit de sortir sans autorisation. J'ai réfléchi tout haut :

– Quand la cloche sonnera, on n'ira pas se ranger avec les demi-pensionnaires. Le portail est ouvert entre midi et midi dix. On se glissera parmi les externes qui rentrent chez eux pour déjeuner. On mettra des vestes à capuche et on regardera ailleurs. Histoire de ne pas être reconnus par les surveillants. OK ?

– D'accord.

– Ensuite...

Elle ne m'a pas laissé continuer. Apparemment elle avait déjà réfléchi à la question, et elle avait arrêté son choix sur l'option « bulldozer » :

– Ensuite, une fois sur place, on y va carrément ! On explique qui on est au patron et on fait un scandale devant les clients du bistrot. Tu comprends, si on raconte notre histoire, tout le monde prendra forcément notre parti ! Du coup, je récupère ma tablette, le voleur se fait jeter dehors... et l'affaire est terminée. On rentre au collège juste à temps pour reprendre les cours à deux heures !

J'ai poussé un sifflement admiratif. Il était drôlement osé, son plan, mais il tenait la route. Je crois que les gens sont bons par nature : ils se rangeront sûrement du côté de la victime innocente ! Et le méchant bandit n'aura plus qu'à mourir de honte sur place, puis à déménager dans un quartier où il sera inconnu.

Lundi 25 septembre, 14 h 40

Ça ne s'est pas passé comme prévu.

Enfin, au début, si. On a réussi à sortir sans problème à midi, au nez et à la barbe des surveillants. Lucas avait été chargé de mettre nos tickets de cantine dans la boîte où ils sont récupérés, pour faire croire qu'on avait effectivement mangé avec lui.

Moi, hier soir, j'avais étudié le meilleur trajet pour nous rendre au bar Barre le plus rapidement possible. Un bus pouvait nous y déposer en moins de vingt minutes. On est donc arrivés pile-poil à l'heure prévue. Bizarrement, au moment de pousser la porte du bistrot, j'ai eu comme un drôle de pressentiment. J'ai haussé les épaules. Un pressentiment, n'importe quoi. Rien de scientifique, de sûr, de réel. Je n'allais pas me mettre à croire à des trucs pareils, sinon, autant m'acheter une boule de cristal pour faire la chasse aux bandits !

On est rentrés.

Et c'est là que je me suis rappelé une leçon de Patrick : tout le monde n'est pas forcément bon par nature. Une dame se tenait au comptoir. Elle nous a tout de suite jeté un regard agacé et a lancé d'un ton agressif :

– Qu'est-ce qu'ils font là, les nains ? C'est pas une garderie, ici !

Sympa, l'accueil. N'écoutant que mon courage, je me suis quand même avancé et je me suis éclairci la gorge.

– Excusez-moi, Madame, quelqu'un a volé la tablette de mon amie, et...

Elle a éclaté de rire.

– Je ne veux pas le savoir ! Du balai, le minus, et que ça saute ! Tu n'as rien à faire ici !

J'ai encore avancé d'un pas et j'ai regardé autour de moi. Les tables étaient occupées par des clients qui déjeunaient ou prenaient un verre. Aucun d'eux n'avait levé le nez pour voir ce qui se passait. Soudain, je l'ai reconnu. Mon suspect. Il était là. Près de la fenêtre. Attablé devant une assiette de saucisses-frites et un verre de bière, en train de lire un papier en mangeant. Cette fois, tout était parfait, y compris la longueur de ses cheveux. Je me suis approché de sa table et je l'ai désigné du doigt. J'ai presque crié :

– Voilà celui qui...

Il m'a enfin regardé et s'est levé, menaçant. Les autres personnes présentes ne s'intéressaient toujours pas à nous. Il a quitté sa place et a marché vers moi, m'obligeant à reculer jusqu'à la porte.

Sa voix était bizarrement haut perchée.

– Dis donc, on ne s'est pas déjà vus quelque part, nous ? Qu'est-ce que tu me veux, à la fin, morveux ? Tu vas m'lâcher ? Est-ce qu'il faut que je te botte le...

À ce moment, Bérénice m'a attrapé par le bras pour m'entraîner dehors. Le gars ne nous a pas suivis. On s'est un peu éloignés du bar... qui portait parfaitement son nom. J'étais furieux.

– T'as vu ? J'y crois pas ! Personne n'est venu à notre secours !

– C'est trop nul. Qu'est-ce qu'on fait, maintenant ?

J'ai soupiré.

– On retourne au collège. Mais on revient dans le coin plus tard, après les cours. Parce que j'ai presque l'adresse de notre voleur, et que je veux le livrer à Patrick ce soir.

Bérénice a ouvert des yeux ronds.

– Comment ça ?

– Il y avait une enveloppe ouverte, posée sur sa table. Je n'ai pas réussi à tout lire : juste un bout du nom de la rue. Rue des Brua... quelque chose.

Elle a sorti de la poche de sa veste le plan de la ville qu'elle avait pensé à emporter et me l'a agité sous le nez.

– Bravo. T'es très fort. Et avec ça, je te parie qu'on trouve l'adresse en deux minutes.

On a vite acheté des sandwiches dans la boulangerie en face. On les a dévorés en attendant le bus qui nous ramènerait au collège, l'index des rues de la ville sur les genoux.

– Bon. Voyons ça. Rue des Bouchers… rue des Brosses… Ah, ça doit être ça : rue des Bruants!

– Elle est dans quel coin?

J'ai rapidement vérifié en dépliant le plan.

– Pas loin d'ici… hé hé… on a du bol, elle n'est pas très longue, cette rue.

– Tant mieux.

– C'est marrant, rue des Bruants…

Elle a haussé les sourcils.

– Un bruant, c'est un petit oiseau, je ne vois pas ce qu'il y a de drôle.

– "Bruant", ça sonne un peu comme "truand", non?

– Moui. Si tu veux.

Bon, ça ne l'a pas fait rigoler. Personne n'est parfait.

Le bus est enfin arrivé, avec dix-huit minutes de retard sur l'horaire prévu. Malgré quelques feux rouges assez énervants, on s'est retrouvés devant la grille juste au moment où la première cloche sonnait.

Lucas nous attendait près du portail.

– Alors?

– On avance, mon pote, on avance, j'ai soufflé.

Et puis on est partis en maths, pour ce fichu contrôle qui avait fini par arriver. Je crois m'en être pas trop mal sorti, même que j'ai terminé avant tout le monde.

8

19 h 30

À la fin des cours, j'ai retrouvé Bérénice, comme convenu, devant le portail du collège. On est vite passés par sa maison : elle voulait absolument faire quelque chose pour le cas où on recroiserait le suspect en retournant sur son terrain.

– Tu comprends, ce type a l'air d'être une grosse brute, et je préférerais éviter qu'il nous reconnaisse. Tu as vu son regard ? Je te parie qu'il est du genre à devenir violent s'il s'énerve.

J'ai dit d'accord, même si je n'avais pas tout compris à son plan génial parce qu'elle ne parlait pas assez fort et trop vite en marchant. Une fois chez elle, elle m'a entraîné dans sa chambre. Elle a ouvert la porte de sa penderie.

– Ta-daaaam ! Vas-y ! Fais-toi plaisir ! Choisis ce qui te plaît le plus !

Je me suis retourné vers elle pour lâcher :

– Écoute, on perd du temps, là. Si tu veux changer de robe, pas de problème. Prends n'importe laquelle ! On s'en fiche un peu, non ?

Elle n'a pas répondu : elle farfouillait maintenant dans une grande boîte rangée sous son bureau où elle disparaissait presque entièrement. Quand elle en est ressortie, les mains derrière le dos, elle riait.

– Moi, je m'en fiche, je sais déjà ce que je vais mettre. Je serai bientôt tout le portrait de Mercredi, la fille de la famille Adams. Euh... tu connais la famille Adams ?

– Évidemment ! C'est un de mes films préférés !

Son sourire s'est élargi jusque derrière ses oreilles.

– On est d'accord. Mais toi, maintenant, il faut te dépêcher de choisir une tenue !

Et elle m'a agité sous le nez une perruque rousse aux longs cheveux frisés. Ensuite, sans que j'aie le temps de réagir, elle m'a pris par le coude et assis sur sa chaise. Elle m'a ordonné de fermer les yeux, de ne pas bouger, m'a tripoté un peu la tête. Quelques instants plus tard, elle s'est exclamée :

– T'as vu ça? Ça peut servir, hein, d'avoir des parents dans la coiffure! Je veux bien être changée en grenouille si quelqu'un te reconnaît!

J'ai ouvert des yeux ronds quand elle m'a mené vers le miroir de son armoire. J'étais effectivement méconnaissable. Bérénice a ensuite attrapé quelques affaires posées sur sa couette beige et s'est éclipsée.

– Bon, moi, je vais m'habiller à la salle de bains. Dépêche-toi de finir de te préparer! Je ne voudrais pas qu'on croise mes parents : ils ne travaillent pas cette aprem. Ils sont allés faire des courses et ils ne vont pas tarder à rentrer. Il faudrait leur expliquer ce qu'on fabrique, et je ne suis pas sûre que ça leur plairait beaucoup.

– Qu'est-ce que je fais de mes habits?

– Tu n'as qu'à les poser dans un coin : tu les récupéreras plus tard. On laisse les sacs de classe, aussi, c'est mieux.

– OK.

Quand j'ai refermé la porte derrière elle, je ne savais pas trop quoi penser. L'idée était-elle absolument géniale ou complètement stupide? Est-ce que j'avais vraiment envie de me déguiser en... fille?

Finalement, je me suis dit que ça valait la peine d'essayer. Je me suis débrouillé aussi bien que j'ai pu pour enfiler un collant opaque – pas facile, j'ai dû m'y reprendre à trois fois, parce que ça tire-bouchonnait dans tous les sens et que mes orteils se retrouvaient toujours coincés à l'emplacement du talon... Après, il a fallu dompter une maudite robe bleue à rayures avec une fermeture-éclair dans le dos. Facile à fermer, tiens ! Bravo les couturiers.

Bref.

J'ai malheureusement dû garder mes chaussures : celles de Bérénice avaient au moins trois pointures de moins que les miennes. L'effet n'était pas terrible, mais bon, tant pis, ça passerait.

Je me suis souri dans la glace : bizarrement, j'étais plutôt pas mal en demoiselle ! Je me suis un peu entraîné à marcher et à parler en me mettant dans la peau du personnage. J'ai dit avec une voix plus haut perchée que d'habitude : « Bonjour, je m'appelle Érica. » Ça m'a fait un drôle d'effet.

Quelques minutes plus tard, une rousse frisée et une gothique avec des nattes noires quittaient la maison de Bérénice.

Nous avions pris nos vélos pour aller plus vite – quelle horreur de pédaler avec une robe! – et nous nous sommes retrouvés une demi-heure plus tard au début de la rue des Bruants, à quelques tours de roue du cinéma Lumière.

C'est là qu'on a découvert l'affreuse vérité : ce n'était effectivement pas une voie très longue, mais les grands immeubles qui la bordaient... avaient tous au moins huit étages! Ils étaient séparés de la voie par une bande de pelouse plantée de quelques arbres et de buissons.

– Tu sais quoi, Érica ? On ne retrouvera jamais le voleur ! a soufflé Mercredi Adams, d'un air piteux.

– Mais si. Courage. On va pousser nos vélos en restant sur le trottoir. Faisons semblant de discuter. On avance lentement, on regarde partout : les choses et les gens.

– Bon.

– Tu ne sais pas que la chance sourit aux audacieux ?

– Non.

– Eh ben si. J'ai souvent eu l'occasion de le vérifier.

Elle a fait une grimace triste.

– Si encore il n'y avait que des petites maisons... mais là... c'est juste impossible, non ? Tu imagines le nombre de familles qui habitent dans cette rue ? Regarde, rien que l'entrée en face de nous ! Il y a au moins trente sonnettes !

– Meuh non.

On a commencé par le côté des numéros impairs.

J'avais beau me montrer sûr de moi, je n'en menais pas large. Ma perruque me gênait, elle me piquait dans le cou, et je n'arrivais pas à m'habituer à marcher avec une robe. Pourtant, je voulais continuer à faire bonne figure devant Bérénice. J'avais juré que je retrouverais son voleur, et sa tablette. Si près du but, ce n'était pas le moment de flancher.

Quand on est arrivés au bout du trottoir, on n'avait pourtant récolté aucun indice. J'ai avalé ma salive, réussi à sourire bravement et désigné le côté des numéros pairs du menton.

– Allez, maintenant, on retourne sur nos pas.

On a traversé la rue, et cette fois, on avait le soleil dans les yeux. Il était en train de se coucher mais brillait encore assez fort. C'est pour ça que j'ai failli ne pas la voir. Et si je ne l'avais pas vue, on serait bêtement rentrés bredouilles.

Alors que je plissais les paupières pour ne pas être ébloui, je me suis soudain arrêté. C'était trop beau pour être vrai. Bérénice, qui ne s'était pas immédiatement rendu compte que je n'avançais plus, est revenue vers moi en rouspétant.

– Bon, qu'est-ce qui t'arrive, là ? T'es trop fatigué pour continuer ou quoi ?

Fatigué ? Ha ha ha. Je jubilais, pas moins.

– Chut. Je savoure.

– Tu savoures quoi ?

– Regarde, là-haut, sur le balcon. Deuxième étage, gauche.

– Oui ? Ben il y a du linge qui sèche, et alors ? C'est pas étonnant ! Il a fait drôlement beau, aujourd'hui !

– La pièce manquante du puzzle est là. Sur un cintre.

Je l'avais reconnue en un éclair. C'était l'affreuse, l'épouvantable chemise à carreaux jaune, vert et violet. Celle que portait le vendeur de la tablette, quand je l'avais identifié trois jours plus tôt dans le parc des Oiseaux. Impossible de s'y tromper.

On tenait notre homme.

On s'est rapprochés pour regarder les noms, sur les sonnettes, et au moment où j'ai sorti mon petit carnet afin de les noter, une dame est sortie de l'immeuble en manquant nous bousculer. Elle avait les cheveux blonds et un nez aussi long que pointu, comme notre suspect – et comme Jérémie. Elle semblait être un peu plus âgée que nos parents et tirait derrière elle un caddie à roulettes. Elle nous a dépassés sans nous regarder. Au même moment, une fenêtre s'est ouverte au deuxième étage. Elle a levé la tête, et un homme s'est penché pour lui crier :

– Dites, Madame Maupin, faudra dire à vos jumeaux de baisser un peu le son de leur musique après dix heures, le soir, hein ?

Elle a hoché la tête.

– Je le leur ai déjà dit, vous savez...

– Je sais. Mais faudra leur redire.

– Comptez sur moi.

– Allez ! Bonne journée !

– Bonne journée.

Bérénice m'a demandé :

– Et maintenant ? Qu'est-ce qu'on fait ?

– On peut toujours sonner. Pour voir qui nous ouvre. Si c'est Jérémie le cuisinier ou son frère, le voleur... Ta tablette est sans doute là-haut, dans leur appartement.

– D'accord, on sonne. Et après ? Qu'est-ce qu'on dit, gros malin ?

– Qu'on vend des calendriers pour les pompiers, ou les scouts, un truc dans ce genre.

– Et après ?

Je me suis revu dans la boutique de bonbons, au cinéma et j'ai souri.

– Après, on improvise...

Bérénice s'est mordu la lèvre en fronçant le nez.

– Éric, il vaudrait mieux pas. Déjà, on n'a pas le moindre calendrier à vendre. Ensuite, si tu voyais l'allure que tu as... Ta perruque a glissé et ma robe te serre tellement qu'elle tombe maintenant de travers.

– Et alors ?

– Alors, tu ne passes plus inaperçu. Souviens-toi que justement, c'était ça, le but.

J'ai réfléchi quelques instants. Conclusion : on avait assez d'éléments pour tout raconter à Patrick.

Du coup, on est rentrés chez nous.

9

20 h 30

Stéphanie et Ludovic sont venus nous retrouver à la maison. Ma mère a sorti du saucisson, des olives et du fromage pour improviser un petit dîner.

Il faut dire qu'on a drôlement impressionné les adultes.

Une fois arrivés dans le quartier, Bérénice et moi, on a constaté que la voiture de ses parents était garée devant la maison bleue. Du coup, on est directement allés chez moi : je voulais reprendre mon identité de garçon le plus vite possible. Je transpirais trop sous ma perruque rousse et le fichu collant me grattait tellement derrière les genoux que c'était devenu insupportable. On a donc déposé nos vélos au garage. Mais au moment où j'ouvrais la porte d'entrée, on s'est retrouvés nez à nez avec... Patrick. Qui, pour une fois, était rentré tôt du commissariat.

Son regard m'a scanné de la tête aux pieds.

– Éric, a-t-il annoncé en passant deux doigts sur sa moustache, quelque chose me dit que tu as des choses importantes à me raconter... Pardon, bonjour Bérénice. Ou devrais-je dire Mercredi Adams ? Je vous laisse passer à l'étage pour vous rafraîchir. Pendant ce temps, je vous prépare un jus de fruits, d'accord ?

Et puis il nous a plantés là pour se diriger vers le salon.

– Il est trop, ton beau-père, a soufflé Bérénice, les yeux comme des soucoupes.

J'ai été envahi par un sentiment de fierté.

– Tu l'as dit. Viens, je ne veux pas trop le faire attendre.

Quand on l'a rejoint, il nous a écoutés sans nous interrompre une seule fois, même pas au moment où on lui a raconté l'épisode du bar

Barre, alors qu'on avait quitté le collège sans autorisation. Il souriait simplement en hochant la tête de temps en temps.

Ensuite, Maman est arrivée, et il lui a expliqué qu'il fallait tout de suite appeler les Riquet. Ils devaient nous rejoindre pour partager ces bonnes nouvelles, et ils pourraient en profiter pour rapporter mes habits de garçon avec mon sac de classe.

Quelques minutes plus tard, tout le monde était rassemblé dans notre salon, prêt à trinquer à notre victoire. Les parents de Bérénice

me regardaient comme si j'étais une espèce d'extra-terrestre. Ils n'avaient plus l'air d'être fâchés contre leur fille.

– Qu'est-ce qui va se passer, maintenant? a demandé Stéphanie.

– Nous allons prendre les choses en main, a répondu Patrick. Le jeune homme se livre manifestement à un véritable trafic d'objets volés. Nous allons l'appréhender et il devra répondre de ses actes.

– Ça veut dire qu'il va aller en prison? À cause de nous? a soudain murmuré Bérénice, l'air un peu mal à l'aise.

– Tout dépendra de ce que décidera le juge. Si le délinquant a moins de dix-huit ans, la procédure sera moins sévère puisqu'il est encore mineur. Quoi qu'il en soit, il devra prendre conscience du fait qu'il a violé la loi. Il doit se racheter, et comprendre aussi qu'il n'a pas intérêt à recommencer ses bêtises…

J'ai précisé, pour qu'elle comprenne bien :

– C'est la règle du jeu : tout cela est prévu dans le *Code pénal*!

– Exactement, a poursuivi mon beau-père. Les sanctions doivent être justes et adaptées.

– Et la tablette? a demandé Ludovic.

– Avec un peu de chance, je veux dire, si elle est encore en sa possession, vous pourrez la récupérer. Ta fille l'aura d'ailleurs bien méritée!

Bérénice a alors levé son verre. Elle a lancé, en me regardant de ses beaux yeux :

– Tchin-tchin! Bravo au roi des détectives! Franchement, Éric, je n'aurais jamais cru que tu y arriverais!

Je pense que j'ai un peu rougi, et j'ai tout de suite corrigé :

– Qu'on y arriverait. Tu m'as drôlement aidé.

Tout en savourant une délicieuse gorgée de jus de clémentine, je me suis dit que j'allais peut-être proposer à cette fille de continuer à travailler avec moi. Ne l'avais-je pas réalisé un peu plus tôt ? Les super détectives ont souvent un super associé.

Quelque chose me dit qu'elle sera d'accord.

Dans la même série

Énigmatique, mon cher Éric...

PAPIER À BASE DE
FIBRES CERTIFIÉES

Hatier s'engage pour
l'environnement en réduisant
l'empreinte carbone de ses livres.
Celle de cet exemplaire est de :
500 g éq. CO_2
Rendez-vous sur
www.hatier-durable.fr

IMPRIM'VERT

Achevé d'imprimer par Grafica Veneta à Trebaseleghe - Italie
Dépôt légal : 04327-5/01 - août 2018